KB234105

세상의 가시를 더듬다

세상의 가시를 더듬다

서림 시집

문학동네

自序

서정의 힘과 이데올로기,
위대한 거부,
한 호흡이 되기까지의 포옹.

설사하는 시대,
밑구멍이 빠져버려 그냥 줄줄 새는 시대,
갈라터진 내 몸이 詩의 밭이다.
내 어눌한 말의 혓바닥으로
너의 밑구멍을 핥아줄 수 있다면,
너와 나 사이 어두운 바다를
가로질러

2000년 가을

서림

차례

1부 | 서정의 고통

박수근 1

햇살이 쫓기듯 꼬리를 감추고 있다.
서리에 데쳐진 배춧잎 얼굴, 노파는
버썩 마른 빵 부스러기를
쪼듯 뜯어먹고 있다.
시래기, 호박나물, 다 팔아도
만원어치도 안 될 것들을 벌여놓고
이리 흘끔 저리 흘끔, 거리고 있다.
아내도 나도 결단코 돌아갈 수 없는
헐벗은 풍경,
낯선 정물로만 앉아 있는 노파.
붕어빵 한 봉지를 건네며 아내가
풍경 안쪽을 안쓰럽게 들여다보고 있다.
한 편의 詩를 건지기 위해, 나는
노파 주위를 눈치껏 맴돈다.
낯설은 풍경을 만들어내며
쓸쓸히 뒷걸음질칠 뿐인

박수근 2

허름한 사실주의적 풍경이 좋아서
단골로 찾고 있는 합천집,
오 년째 내 목숨 이어주고 있는 밥집 아줌마.
내 몸 속에 감춰두고 있는
따뜻한 말 한마디 건네보지 못했다.
아줌마도 언제나처럼, 몸 속에서 기르고 있는
말의 숲 가장자리까지 걸어나왔다가는
조심스럽게 얼른 숨어버리곤 한다.
피가 돌고 있는, 물컹물컹한 말의 숲이란
딱딱한 언어의 껍질 속에서 숨쉬고 있는 것,
이곳에서 어른들 사이 오가는 언어란
정권(政權) 따위나 성토하기 위해 있는 것,
그럴 때만 서로의 언어는
쨍그랑 소리를 내며 날카롭게 화합한다.
오늘은 드디어, 다섯 살배기 내 딸 재롱 덕분에
껍질까지 벗고 나와서
새벽 안개 피어오르는 숲속을
서로 조금씩 기웃거릴 수 있었던 것.

박수근 3

차양도 없이, 바람 속에
녹슬고 있었다.
콩나물 시루처럼 금이 간
콩나물 시루만한 어머니,
한여름 내내 한천을 팔고 있었다.
나는 애써
그 콩나물 시루 빛깔 풍경 속으로 들어가지 않았다.
단 한 번도 한천 다라이를 옮겨다 주지 않았다.
한천과 콩나물, 아이스케키를 파는 어머니,
내 어린 무대 뒤켠에서 늘
쭈글쭈글하게 숨어 있어야 했다.

쭈그러진 다라이 앞에 쪼그리고 있다
고양이 상을 한 여인은
보리쌀을 내다 팔고 있다
보리쌀 빛 텁텁한 저녁 기운이
얼굴을 내리덮고 있다
쭈그러진 미간 사이,
관절을 앓고 있는 시장 풍경이
기우뚱 서 있다

전을 거두어야 할 시간인데도
여인의 초점 없는 눈길,
쥐를 잡지 못한 늙은 고양이처럼
장바닥을 어정거리고 있다

콩나물 시루 빛깔을 벗어나보지 못한 어머니,
지팡이로 걸어가고 있다.
구부정한 몸이
녹슨 풍경 안에서 풍화되고 있다.
간신히 서 있는 풍경으로부터 돌출하려는 나의 등을
뻣뻣한 손마디로
만져주고 있다.

박수근 4

대명동 좁은 골목시장
시뻘겋게 얼어버린 얼굴,
늙은 장사꾼들이 추위를 견디어보려고
허공에다
악을 쓰듯 호객(呼客)하고 있다.
악을 쓸 때마다
쭈그렁 바가지모냥 헐렁한 몸 속에서
산 고등어 같은 말들이
툭, 툭, 튀어나온다.
골목 양 켠을 오가며 말들이
만들어내는 시끌벅적한 숲,
머릿속 차가운 언어로는 가 닿지 못하는
이슬 촉촉한 숲, 오늘도
그 경계에서 금전적인 언어로
배추나 한 포기 거래하고
물러나올 뿐인, 몸 속
따뜻한 국밥 같은 말 한마디
건네주지 못하고
그냥 식히고 있을 뿐인

박수근 5

금이 간 쓰레트 지붕,
입학원서는 책갈피에 정갈히
꽂혀 있었다
담벼락처럼 허물어져 내리는 가족을 두고
겨울 귀뚜라미처럼 섬섬 울다가
간호보조원으로 갔다

그 골목은 지금도
감나무마저 잿빛이다
잿빛으로 구겨진 사내를 만나
잿빛 아이를 기르다가
담뱃재처럼 사위어버린 누나는

삼선교에 홀로 숨어 산다
그 골목에 스며들면
대낮인데도
밤귀뚜라미마냥 살고 있는 누나,
잿빛 풍경으로부터
분간해내기가 쉽지 않다

흐릿하게 바스라지는 풍경 안에서
누나들이 회색 아이들을 업고
무표정하게 서성이고 있다

박수근 6

소녀는 아기를 업고 있다
아기는 고개가 모로 쓰러진 채
잠들어 있다
소녀는 반쯤 눈을 감고 있다
둔중한 신음을 삼키고 있는지, 등뒤에서
풍경도 눈꺼풀을 반쯤 내려놓고 있다
잿빛 풍경으로부터 분간해낼 수 없는
검은 얼굴,
소녀는 입을 꾹 다물고
八字로 서 있다
입술을 깨문 채
겨우겨우 중심을 잡아가며 서 있는 골목

반지하에서 바퀴벌레로 살고 있다.
청진동 잿빛으로 흐트러진 골목, 해장국집에서
비쩍 타들어간 누나가 배달을 나가고 있다.
어지럽게 찢겨진 풍경 속에서
입을 꾹 다물고
바삐 걷는 나의 누나,
애써 살펴보지 않으면

좀체로 눈에 띄지 않는다.
짓눌려도 찍소리 내지 않는다.

박수근 7

뻘밭을 빠져나오오듯
탈출하려고 버둥대던 가난한 골목,
옛 풍경이 새삼 코끝에 시큰거려
긴 세월 돌아 찾아보는 방천시장

국어선생이 꿈이라서, 비린내를
벗어나고파서
엄마 옆에서 소설 읽던 소녀는
엄마 이어 고등어를 팔고 있다.

레코드 가게 내는 게 소원이던
늘 질퍽거리는 장바닥을 뜨고자 기쓰던
국수집 아들은, 그냥 그 자리서
만두집 내어놓고 고스톱 치고 있다.

할아버지 앞에 쪼그리고 앉아 TV를 보고 있는
백댄서가 꿈인 저 손자는
결국 삼대째 참기름을 팔고 있을 게다.

간신히 빠져나온

저 눅눅한 풍경 안을 얼핏 엿보는 길은
나와 그들 사이처럼
아득하게 꾸불꾸불하다.

박수근 8

생선가게들이 연하여 있는
부산죽집 앞은 늘 질퍽거린다.
비릿한 허공에다 마침내 발을 안착한
대엽풍란, 갸름한 죽집 아줌마
희디흰 마음이 뿌리를 길게
사방으로 내어 뻗는다.
비린내와 대명시장
질펀하게 밟히는 슬픈 이야기들을 빨아들여서는
시도 때도 없이 노래로 엮어내고 있다.
풍경을 뚫고 나와
나를 그 안쪽으로 끌고 들어가는 저
둥글고 푸른 노래.
그의 노래는 입에서가 아니라
몸에서 새어나오는 것,
몸 속 꽉 찬, 신성한 말의 숲에서
향기로 변해버린 것,
이른 비와 늦은 비 받아먹고
시끌벅적한 시장바닥에서
노래의 샘이 되어버린 거제산 나도풍란,
둥글고 흰 뿌리 내 몸에 파고 들어와

잠자고 있는 말의 알들
그 껍질을 벗겨낸다.

말의 혀 1

그냥 습관적으로, 소음에
부르르 떨어보는, 타이어 가루로 도배된,
빌딩 앞 엎드러진 바위여,
나처럼 이 도시처럼 삭아버린 콘크리트여,
눈먼 아황산가스여, 불쌍한 부르주아여,
필리핀에서 팔려온
푸르딩딩 프롤레타리아여,

너의 귀가 아니라,
내 말이
너의 입으로 들어가기,
내 말의 살점이
너의 이빨로 질근질근 씹혀지기,
내 말의 뼈다구가
너의 밥통에서 엿물처럼 삭혀지기,
참말로 내 말의 입자가
그 쌀가루가 밀가루가
너의 귀가 아니라,
너의 창자에서 소화되기,
내 말의 불기운이

너의 융털로 흡수되기, 참말로
그것이 너의 똥구멍에서
똥으로 나오기,
다시 그 똥가루가
쌀가루 보릿가루 되어
내 입으로 들어오기,
참말로 내 말의 혀로
너의 똥구멍 핥아주기.

말의 혀 2

한 다발 3천원짜리 장미여,
한 탕에 3만원 오팔팔의 장미여,
바람에 날려가지도 않고 버티고 있는
청량리 로터리의 오존가스여,

내 말의 손가락이
너의 차가운 가시를
그 근방이라도 더듬을 수 있다면,
내 말의 입술이
너의 굳은 입술에
그 그림자에라도 부빌 수 있다면,
내 말의 혀가
너의 쪼글쪼글한 꿈에
그 가장자리라도 핥을 수 있다면,
내 말의 꿈이
너의 독한 꿈에
그 철책 울타리에라도
어른거릴 수 있다면,

말의 혀 3

마음 깊숙이서
말〔言〕의 칼날을 간다.
폐차장 구겨진 엔진을 그 녹슨 심장을
쪼개어보려 갈라보려,
그 폐차장 지날 때마다
말의 이빨을 간다.
하수구 삭은 콘크리트를 그 경색된 실핏줄을
부벼보려 더듬어보려,
그 하수구 지날 때마다
말의 입술을 달군다.
날이면 날마다,
타이어 가루 매연에 절은 길바닥 위 공기, 그 시체를
핥아보려 깨물어보려
입술이 헌 내 말의 혀,
이빨 빠진 칼날을 가다듬는다.

밤이면 밤마다,
나부터 살아 있으려고,
뼈 속 깊숙이서
독이 삭아서 약이 되어버리는

말의 칼날,
너의 골수를 노리는
내 마음 한가운데
물렁물렁한 쇳조각,
詩의 녹슨 칼날을 버린다.
이 도시에서 우선, 나부터
미치지 않으려고.

그 누구도 외딴섬이 아니다*

그 누구도 외딴섬이 아니다.

그는 지금도 여전히
자신이 외딴섬이라서 시를 쓴다.
피할 수 없는 외딴섬이라서,
그 속의 심연 때문에 글을 쓴다.
심연이 내지르는 비릿한 검은 절규.
외딴섬이 부르짖는 그의 시는
여전히 무채색이다.

그 누구도
그때도 지금도 여전히
아무도 외딴섬이 아니다.

전에는 내가 여전히 외딴섬이었을 때
스스로 외딴섬이 아니려고
대륙에 붙어보려고
안간힘으로 글을 썼다.
비린내 나는 시를.

그 누구도 외딴섬이 아니다.

전에는 내가 티끌처럼 날려가버리지 않으려고 매달려보려고

발버둥치며 글을 썼다.
우울하게 몸 속 기름을 태웠다.
내가 존재하기 위해
눈먼 말들을 덧없이 토해냈다.
미치지 않으려고 미친 듯 발악했다.

그제나 이제나 여전히
그 누구도 외딴섬이 아니다.

이제는 내가 존재하므로 글을 쓴다.
내가 우주보다도 귀하기에 글을 쓴다.
더이상 외딴섬이 아니기에
대륙의 중심부에 붙어 있기에 쓴다.
안간힘으로 매달려 있는 것이 아니라
그 중심의 팔이 나를 붙잡아주기에 글을 쓴다.
그 누구도 뗄 수 없는

그 팔의 힘 때문에 쓴다.

그 누구도 외딴섬이 아니다.

티끌조차도 꿈이 있고
지렁이와 개미까지도
하나 되고자 하는 꿈이 있기에
글을 쓴다.
여전히 이제나 저제나
그 누구도 그 무엇도
포기되지 않았기에
글을 쓴다.

* 하덕규의 노래 〈누구도 외딴섬이 아니다〉에서 인용.

내 몸에 뿌리를 내리고

국밥집 먼지 긴 창 저쪽,
대가리 댕강 잘려나간 플라타너스
꾀죄죄한 꼬락서니로 서 있다.
겨울이라 더러운 옷가지 벗으니
그래도 여름보다 괜찮은 편이다.
이 도시처럼 더럽혀진 내 마음의 눈길,
저 볼품없는 나무에게로
나도 몰래 자꾸자꾸 빨려간다.
이 도시의 미칠 듯한 속도에 뒤죽박죽 엎어지고 깨져
녹초가 된 내 마음,
더이상 물오르기를 멈추고
웅크린 채 딱 버티고 선 저 나무에게로
점점 반해간다. 저 나무,
날마다 오는 국밥집과 잘 어울려
나와 더불어 내 마음 안에서
사실주의 풍경을 만들어낸다.
이 도시에서도 모든 삶의 뿌리는
저 껌껌한 우주 중심을 향하고 있다.
중심으로부터 오는 힘을 받아먹고 있다.
저 못생긴 플라타너스, 국밥집으로 들어와

이 도시 닮아 독해져버린
내 몸에 뿌리내리고,
산성비 내릴지라도,
착각일지라도,
잔인할지라도,
돌아올 봄을 그리며
내 핏줄 속에서
새 눈을 깜박이고 있다.

끈질긴 서정

서정이란
배구나 탁구놀이 같은 것,
말이란 공으로
사이좋게 넘겨주고 넘겨받는 것,
서정이란 정말로 연애 같은 것,
바보들이나 하는 짓, 유치한 짓,
따분한 놀이
재밌게 끈질기게 잘도 참아내는 것.
서정이란 탄력 있는 공, 바람 빠지지 않은 말로
톡톡 튀게 놀이하는 것,
기본기 없이 강스파이크나 스매싱만 구사하는 엉터리는
놀 수 없는 곳,
그만 스매싱해버리고 싶은 순간에도
꾹 참아내는 것,
바보같이 랠리만 계속하는 것,
꾸준한 랠리로 너와 나 사이
한 호흡으로 가다듬는 것,
놀이 상대끼리 서로가 서로를
믿어버리는 것,
공을 믿고 놀아버리는 것, 가끔씩

상대방 몸 흐름 읽고서야
한번씩 스매싱해보는 것,
강스파이크로 판을 깨지 않는 것,
판을 깨지 않으려 자기 가슴을 찢는 것,
머리 빠개지는 것.

서정의 고통 1

피가 돌고 눈물이 도는 진짜시
한 편 써내기
이렇게도 어려운 이유—
바로 내 간 같은 공기 같은 아내
사랑하기 어려움이다.
창자라도 콩팥이라도 끄집어내어 줄 듯하다가도
금방 혓바닥으로 활활 갈라지는 화염 내어뿜고 마는,
마음 깊숙이서 식칼로
빈 도마 정신없이 두들기고 마는
별볼일 없는 내가, 또한
별볼일 없는 내 아내 한번
안아주기 어려움이다.
아닌 밤중에 뒤통수 맞듯 정리해고 당한 아내를,
중풍 든 친정엄마, 세 살짜리 딸아이에 치여
정신마저 해고되어버린 아내를 몰라주는,
그 맛없는 반찬을 맛있게 멋있게 먹어주지 못하는
내 속의 탐욕스런 짐승 때문이다.
내 몸의 체액을 다 빨아먹어버리는
질기디질긴 벌레 때문이다.
눈물이 삭아서 피가 되어버리는

한 편의 진짜시,
뼈에 살이 올라붙기도 하고
때로는 뼈가 아려오기도 하는
그런 서정시 한 편 쓰기 어려운 이유—
내가 나에게 자꾸 물러서기 때문,
아직까지는, 끝까지는 달아날 수 없다
자꾸 버팅기기 때문, 그렇게 애써
뻐겨보기 때문,

나의 패배를 아직은 아끼기 때문.

서정의 고통 2

중반전에 벌써 고삐를 놓쳐버린
탈진한 마누라 앞에서
역시 창자가 다 곪아버린 내가,
마흔 고개 겨우겨우 넘어서느라
더 팍팍해진 내가,

어쩔 수 없는
경상도 무뎃뽀 사나이가
내 속에 얌전히 숨어 있던 독사처럼 튀어나올 때,
그런 독재와 반독재의 처절한 싸움에서
스폰지 같은 아내가 이제는 자꾸만 자꾸만
내 마음속에서 바위처럼 느껴질 때,
쌍칼로 막아내어도 막아내어도
암덩어리처럼 커져올 때,
그런 칼날 선 生의 험곡(險谷)에서

우선 나부터 살아보려고
툭하면, 침 뱉듯,
내뱉어버리는 말,
"이혼해버릴 테야!"

차마, 이 말을 혀끝에서 꼭 깨물고 참아내기.
이럴 때마다 내 염통이 텅텅 울린다.
내 딸 이서가 자주 설사를 한다.
문갑 위 한란이
감기로 앓는다.

어설픈 독재자,
시쓰기로 암덩어리와 싸워내기.

서정의 고통 3

이제 와 보니, 허겁지겁
너와 나 사이
비빔밥처럼 국밥처럼 비비고 말아서
정신없이 물고 빨고 맛있게 달게
서로가 서로를 먹어왔는 줄 알았는데,
이제 와 보니, 막상
아내여, 너는 너무 멀리 있구나. 하여
詩여, 너도 새삼
너무 멀리 숨어 있구나.
마흔 넘도록
너와 나 사이, 이 멀고도 먼 거리,
서로 확인하기 위해
헐떡헐떡 살아왔던가.

팍팍한 고개,
똥오줌 못 가리며 넘어가야 하는 고개,
나부터 살아 버텨야 하는 마흔 고개, 그렇게
남들처럼 깨어지며 기어가는 고개,
드디어는 남들처럼 그저 그렇게 한번씩
목살에 힘줄 세워보는 고개,

어느 날 갑자기 막무가내
"더이상 도전하지 마, 씨이팔, 정말 죽여버릴 테야!"
남편 권위, 이빨 빠진 칼날처럼 세워보는 내 앞에서,
바위로 맞은 듯 비칠대는 아내여,
잘 놀고 있던 물 속에서 느닷없이
팅겨져 나와 뻣뻣하게 굳어가는 동태눈깔
그대로 드러누워버린 내 아내여,
하루 종일 굶고 말도 잃어버린
합리주의자 내 아내여,

너와 나 사이,
정말 배와 등짝 사이처럼
멀리 떨어져 있구나.

만약 이대로

올 6월이 고비라는데,
올해도 흉년이면 절반이 굶어죽을 거라는데,
내 배 불러 아무 생각 없는 나는,
쌀 한 톨 베풀지 못한 나는,
꺼져가는 저 눈빛 앞에서
하늘마저 뒤집어지고 마는
사그라져가는 저 탄식 앞에서
무어라고 한마디 변명할 수 있을까.
남북통일 외치면서도
아파트 분양금이 지상목표인 가련한 내 아내여,
정치 경제 역사 달달 외우면서도
죽어라고 공부하면서도
정치 이야기만 귓구멍에 들어오면
TV 채널 돌려버리고 마는,
금방 먹은 피자 조각 토해버리고 마는
불쌍한 내 조카여,
배부른 나는, 굶어보지 못한 너는
모른다.
들리지도 않는다.
남쪽 하늘 퀭하게 바라보며 빛깔 잃어가는 저 눈빛을,

해도 삼켜버릴 저 노여운 신음을,
피와 살을 태우는
가죽만 남은 울부짖음을,
만약 이대로, 만약 이대로 통일이 된다면
그때 너는 뭣 했냐,
그 누가 묻는다면,
나에게 물어온다면,

마당불을 드높이

가슴에……
흔적으로만 남은 마당불, 각자
꿈의 높이만큼 끌어올려 안고
이 도시에서,
모든 촌놈들은,
부나비같이,
오뎅집 호떡집으로 몰려든다.
천원어치 불기운 사먹고
오종종 움츠려 사라진다.

집 지을 때나 잔치 있을 때,
골목 마당이나 쭈그러진 드럼통에다
이것저것 우리네 가난한 삶의 잡동사니
수북수북 쌓아놓고 불 지피기를 좋아했다.
공사가 클수록 잔치가 거나할수록
불 지피기가 오래갔다.
행인이나 걸인이 오종종거려 오면
생나무가지 장작까지 뚝뚝 분질러 넣어가며
불기운 드높이곤 했다.

요샌 신소재로 집짓는데 어디
그런 드럼통 뜨거운 불길이 나오나,
시골 산촌까지 집집마다
보일러 돌아가는 소리 요란한데
자기네 방 데우기 급급한데
어디 그런 마당불이 지펴지나,
전기계량기 점점 빨라지면서,
공사가 커질수록 잔치가 요란할수록
드럼통 마당불이 재빨리 자취를 감추었다.

한겨울 아파트에서 창문 열어놓고 각자
러닝 셔츠로 아이스크림 즐길수록
이 도시, 이 거리, 더 냉랭해졌다.
아직 남은 모든 촌놈들은
천막 가스등 아래,
하루살이로 몰려들어
가슴속 마당불을 드높이면서
천원어치 오뎅, 호떡을 사먹는다.
오종종 오그려 사라진다.

2부 | 이 세상의 방 한 칸

둥글고 완벽한
―이 세상의 방 한 칸

여느 해와 마찬가지로
고향에 가지 않거나 못 가는 날,
앞집 서울슈퍼에서 사과를 샀습니다.
어릴 적 60년대 홍옥이 그리워
그중 빨간 걸로 한 놈 집었습니다.

하루 종일 햇볕도 들지 않는 북쪽 모퉁이 내 방에서
그놈을 가만히 깨물어봅니다.
잡힐 듯 잡히지 않는 것을
혹, 방범창틀 너머로 무연히 빛나는 북쪽 하늘 한자락을
씹어보려는 듯,
과육도 과즙도 이미 삼킨 이빨로
넋없이 씹어봅니다.

한여름밤 내내 아버지가 돌아오시지 않으면
어머니와 나는 종종 무명 홑이불을 이빨로 잘근잘근 씹다
가
아침을 맞았습니다.
할머니 뱃속에서부터인지 북해도 탄광이나
이 땅의 어지러운 공기들을 마시고부터인지

방향감각 잃은 바람이 잔뜩 든 아버지는
풍선처럼 떠돌았습니다.

이 시간 큰형님집 안방에는
차례상이 습관대로 차려져 있을 것입니다.
아버지 허파의 불룩한 바람을
손과 발톱으로 살갗과 실핏줄로
성공적으로 막아낸 형님은
차례상 앞에서도 아버지 이야기 하는 일이
결단코 없습니다.

교통 핑계로 건강 핑계로
고향에 가지 않거나 못 가는 오늘,
저 북쪽 하늘 가을바람처럼 그때 그 홑이불처럼
내 갈비뼈 속에도
펄럭거리는 게 남아 있습니다.
아버지가 추석날 북해도 함바 근처 들국화 옆에서
덮고 자던 시린 하늘자락처럼,
한 계절 내내 내 옆구리를 저미고 후비는
그 무엇이 질기게 달라붙어 있습니다.

하늘의 속살이 다 비쳐 보이는 추석날 아침,
하늘처럼 둥글고 완벽한 사과를
한 알 깨물어봅니다.
툇마루에서 아버지와 같이 씹어 먹듯이.

하늘의 맑은 속살들이 내 몸 가득가득 쟁여집니다.
이리저리 내팽개치듯
아버지를 몰고 다니던 그때 그 바람들을
북해도의 그 펄럭거리던 하늘들을
감싸안으며 높아지는 하늘의 하늘,
그 빛이, 그 단물이
세포세포 차곡차곡 스며듭니다.

서쪽으로 난 창
─이 세상의 방 한 칸

8월 무더위에
교통 체증 속에 강원도까지 갔다가
쭉쭉 뻗은 황장목만 보고 와도
힘이 절로 솟듯이
건전지 갈아끼운 로보트처럼
여름 내내 서울시내 돌아다닐 수 있듯이,

10월은 이 서울에서도
깊고 푸른 하늘에서 새털구름만 볼 수 있어도
한 계절 살아낼 것 같습니다.
마포 구석진 집에 돌아와
옆집 벽들로 가리워진,
숨구멍처럼 트여진 창틀 사이로
한 덩어리 성운 같은 새털구름을
넋 놓고 바라봅니다.

시내에서 아침부터 저녁까지
신경성 위염으로 시달리던 배를
달래기 위해 쪼그리고 누워봅니다.
TV도 꺼버리고 신문도 던져버리고

광포한 거리의 속도를 허술한 창으로 막아내곤
내면을 응시하듯
서쪽 기울어진 맑은 하늘을
두 눈길로 더듬어봅니다.
마침 살진 햇살가루를 받아먹으며
새털구름을 가로지르며
한 마리 커다란 새가
하늘로 솟아오르는 순간,

역시
나는 기계도 짐승도 아니었다는 생각이 듭니다.

아름다울 수도 있는 남자란 사실에
가만히 시큰해져옵니다.

생쥐
—이 세상의 방 한 칸

틀어박혀
숨쉴 골방조차 빼앗겨버리다

손아귀 강약 리듬을
生의 원근법을 잃어버린

경계에서 왔다갔다하는

저쪽 세상의 눈빛인 듯

푸르딩딩 젊은 얼굴 하나
삭은 맹장처럼
지하철에 매달려 간다

어디에다 몸뚱어리 부려야 할지
그만 딴 세상으로 넘겨버리고 싶은지

고개 들면 문득
사면초가(四面楚歌)로
공격해오는 고양이 울음소리

발바닥을 내려놓지 못하고
쩔쩔매는
여름 햇살

바리케이드
―이 세상의 방 한 칸

시월 태풍에 휩쓸려온 고추잠자리,
바리케이드를 바지랑대로 알고
죽은 듯이 납작 엎드려 있다.
세브란스와 대우빌딩 차가운 유리의 난반사 속에서
서울역과 고가도로의 질주하는 폭음 속에서
길을 잃어버린 내 친구 잠자리,
새털구름 보폴보폴 날리는 가을하늘을
어떻게 한번 날아볼 엄두도 못 내고,
다가가서 손가락으로 건드려도
그대로 옴치고 있다.

바지랑대 두 개를 나란히 포개놓고
한 사나이가 엎드린 채 자고 있다.
자고 있는지 눈을 감고 있는지,
새털구름 반짝이는 하늘이 덮어주고 있다.
이 도시의 속도전에서 나가떨어진,
여자를 봐도 도무지 반응이 없는,
세브란스, 대우빌딩만 눈에 들어오면
더더욱 아랫도리가 얼어붙어버리는

새털구름 흘러가는 하늘만 보면
그만 칵 죽어버리고 싶은, 더이상
생명이 없어서 죽지도 못하는 저 사나이,
아침이 오는 것이 두렵기만 한
가을하늘이 캄캄하기만 한
바지랑대에 걸레처럼 걸려 있는 저 사나이,

언젠가 태풍에 떠밀려와
이 도시에다 내팽개쳐진 저 사나이,
정오의 어두운 하늘 아래
꿈속에서 고추잠자리를 좇고 있다.
어릴 적 친구이던 고추잠자리가
그의 잠 속으로 날아들어와서는
60년대 가을하늘로 높이 데리고 간다.

어지러운 서울역 캄캄한 하늘,
하늘을 내려다보고 있는 저 너머 하늘에서
뜨거운 눈물방울 하나
내 마음에 떨어진다.

소음 위에 떠 있는
—이 세상의 방 한 칸

마포 내 방.
하루 종일 햇볕도 들지 않는
방범창으로 둘러쳐진 감옥 같은 내 방.
피를 어지럽게 돌리고
살과 영혼이 팅팅 부어오르게 만드는
이 도시의 소음,
콘크리트 벽으로도 스치로폴로도 이중창으로도
막아낼 수 없는 소음,
소음 위에 이리저리
개밥풀처럼 떠다니는 내 방.

내 방에 2천원짜리
국화 화분을 갖다 놓는다.
빛도 들지 않는 북쪽 창틀에
심듯이 모셔놓는다.

국화에 길 잃은 벌 한 마리
내려와 앉는다.
홍옥처럼 잘 익은 하늘의 속살 한 점
끌고 들어와

가만히 내려와 앉는다.
국화가 단물을 내주고
단물을 빨아들인다.

둥글고 푸른 가을하늘에
국화 한 송이로
달라붙어 있는 내 허술한 방.

하늘과
국화와
내 작은 방을
단물 한 방울로 묶어주는
하늘 너머 하늘.

장미 향기, 반쯤 얼어버린
―이 세상의 방 한 칸

무슨 법칙처럼, 매일 아침 일찍
그 노인을 그 코너에서 마주친다. 번데기처럼
새까맣게 쪼그라져 있다.
꾸질꾸질한 중절모 밑에 녹슨 깡통처럼
구겨져 있다.

도심에서 막 돌아앉은 이곳,
시간도 돈과 더불어
멀찍이 비켜가버린 대명(大明) 3동(洞).

중절모는 새벽부터 문전(門前)마다
개처럼 어슬렁, 거린다.
이 집 저 집 쭈뼛거리다, 햇볕 속에
나무젓가락처럼 꽂혀진다.

몸처럼 마음처럼 갈라터진 길바닥,
녹슨 목소리들, 버려진 수족관,
문짝이 달아나버린 냉장고, 냉장고 문짝으로
가린 화장실, 엉거주춤 젊은 아낙이
기어나와 움막집으로 들어간다.

서둘러 덮치고 간 추위,
움막 앞, 장미 한 송이,
콜록콜록 각혈하고 있다.
타오르다 말고 기묘하게 일그러져 있다.
오래된 죽음처럼 가라앉은 사면을
혼자서 간신히 움켜잡고 있다.

막판까지 버팅겨보고 있는 저 장미 한 송이,
시퍼렇게 덮쳐올 한파에 또 한번 데쳐질,
중절모 손목처럼 맥이 탁 풀려버릴

움막집 아낙, 구부리고 나와서
빙빙 둘러보다
반쯤 얼어버린 냄새
얼른, 맡고 들어간다

뿌리가 땅에까지 못 미치는
―이 세상의 방 한 칸

길모퉁이 저 사철나무.
콘크리트 길바닥 틈을 노려 비집고는
머리통을 들이박고 있는
지저분한 저 오동나무.
뽀얀 먼지와 함께
하늘 햇살로 목욕하며
잔뿌리로 손가락처럼 땅거죽을 움켜쥐고 있는
저 어수선한 잡풀들.

맡은 바 최선을 다해
악착같이 땅바닥으로 파고드는,
여기 이 현기증 나는 땅을
간신히 거머쥐고 있는,
일탈 일보직전,
일촉즉발, 과속의 이 도시를
온몸으로 부둥켜안은 채 브레이크 걸고 있는
저 얼룩진, 눈부신 초록들.

이 도시 중심에 휩싸여
이리저리 개구리밥처럼 떠다니는,

뿌리가 없는 내 이층방
햇볕도 들지 않는 창틀에
싸구려 화분 30개.
허공에 떠서
뿌리가 땅에까지 못 미치는
국화, 장미, 소심란, 선인장…… 들,
내 방을 땅가죽에 한번 붙여보려고
뿌리가 화분 밑바닥을 뚫어보려 애쓰다
그만 실타래처럼 엉켰네.

그 실타래에다 호흡을 불어넣어주고
그 실타래로 어지러운 지구의
궤도를 지켜주고 있는,
이 탁한 하늘들 저쪽의 하늘.

오직 은단풍 하나로
—이 세상의 방 한 칸

　'달세방 잇슴니다'를 이마에 붙이고 메마른 바람에 덜컹
거리는, 간선도로에서 떨어져나와 돌아앉은 페인트칠이 벗겨
져버린 검은 철대문. 폐냉장고처럼 속이 텅 비어 있는, 무수
한 세월이 짓밟고 지나가버린 주인 낯짝처럼 삭아버린 '영천
고물상회'. 유리문이 누우렇게 변색되어버린 룸살롱 '희야
집'. 부도 맞은 '신광유리' 공장, 이리저리 흩어진 붉은 쇳조
각들, 유료주차장으로 변해버린 마당, 시간이 햇볕과 더불어
졸고 있는

　신광유리 공장 담벼락에
　낙지같이 달라붙은 은단풍 한 그루,
　아무리 둘러봐도 직경 백 미터 이내
　유일한 나무 한 그루.

　백 미터 이내의 먼지와 소음과 욕설과 토사물을
　물과 바람과 햇빛으로 빨아들여서는,
　늦가을 이파리마다마다
　붉은 은빛 젖으로 짜내는 저 나무,
　장검처럼 쑥쑥 가지를 뽑아보는

은단풍을 마주 보고 있는 '희야집'
맥주로 팅팅 부어오른 과부,
이 동네모냥 숨이 콱콱 막혀버린 앞가슴,
북쪽으로 난 가게문처럼 활활 열어제치고
붉은 은빛 이파리 이파리
충혈된 두 눈길로 애무하듯 핥고 있다.

땅속 어두운 데서, 흩어진 물줄기들을
와락 움켜잡으며 우뚝 일어서는 저 나무.
버팅기다가 홀로 끝내 다 떨어지고 말,
전선으로 이리저리 얽혀서 짜부러지고 말,

저 나무 따라, 허리 껴안고
—이 세상의 방 한 칸

창 밖에 은행나무 지금 막,
겨울로 섹시하게 걸어들어가고 있다.
겨울잠 자려고 노란 옷 한 겹씩 벗고 있다.
실크 블라우스나 브레지어처럼
스르르 흘려 내리고 있다.
햇살 가루로 뒤집어쓰고
이 저녁 따뜻하게 샤워하고 있다.

비와 바람, 무더위로 헬스 한
야한 몸매 저 은행나무,
내 창자 속에 십이지장이나
더 깊숙이 숨은 비장 속에 감춰두고 싶다.
애인처럼 데불고 까페도 가고
부산까지 기차 타고 싶다.

내 연구실 앞 저 은행나무,
온몸 비늘 세워 일으켜
소음과 먼지 나 대신 마셔주던,
시원하게 솟구치는 수액(樹液)의 맥박으로
내 부글거리는 혈관 리듬을 조절해주던

내 허파 같은 염통 같은 저 나무,
이 저녁 햇살 가루 거품처럼 튕겨
불도 켜지 않은 내 연구실을
환한 침실로 만들어버렸네.

저 나무 따라, 허리 껴안고,
새로 깔아놓은 솜이불 같은
두툼한 겨울하늘 아래로
걸어들어가고 싶네.

썩은 나무 한 토막 1
―이 세상의 방 한 칸

북한산에서 데불고 내려온
북한산의 솜털 하나,
북한산 등짝처럼 송송
숨구멍이 뚫려 있는,
문갑 위
오리나무 한 토막

아내와 딸 이서를 데리고 드디어 한강 고수부지에 가게 되었습니다. 잔디밭에서 새털구름이나 마음껏 보려고 벼르고 벼른 끝에 카메라 들고 갔습니다.

새털구름 따라잡던 내 즐거운 두 눈이 그만 1분도 못 되어, 생각지도 않은 복병, 나의 둔한 귀와 싸우기 시작했습니다. 중이염으로 고막까지 녹아버리고 없는 멍텅구리 귀와 신경질적으로 버티며 악쓰고 있었습니다.

둥근 하늘에다 골똘할수록, 멍청한 귀는 평소 잘 닫혀 있던 대문, 창문 무방비로 열어젖히고 거리의 굉음을 몇 배나 부지런히 쏙쏙 쓸데없이 빨아들이고 있었습니다.

탐욕스런 눈과 귀의 발작스러운 싸움에 그만 맥이 탁 풀리고 가슴이 울렁거렸습니다. 실핏줄이 퉁퉁 부어올랐습니다. 혈관엔 빌딩이 불쑥불쑥 솟아오르고 자동차 빵빵거리고, 창

자 속엔 지폐와 소음이 넘쳐올라 부글거립니다. 똥구멍도 오
줌구멍도 어지러워 막혀버렸습니다.
　변기에 걸터앉아 용을 써도 도무지 빠져나가지 않습니다.
사우나 가서 아무리 참아도 빠져나가지 않습니다. 숨구멍도
막혀버린 듯 열만 오릅니다.

　내 방에 돌아와
　오리나무 토막을 바라봅니다.
　우주의 빈 구멍처럼
　숨구멍 숭숭 뚫려 있는
　썩은 나무 한 토막,
　그 구멍에서
　북한산 바람이 불어나옵니다.
　무공해 우주의 바람이
　내 몸 속으로 밀고 들어옵니다.
　몸 속 찌꺼기가 밀려 빠져나갑니다.
　이윽고, 막혔던 숨구멍이 뚫리는 순간,
　내가 북한산으로
　그 빈 구멍 속으로, 저 너머로
　빨려들어갑니다.

썩은 나무 한 토막 2
— 이 세상의 방 한 칸

　마포 내 방에는 오리나무 한 토막이 있습니다. 북한산에서 데리고 온 둥글고 부드럽게 삭은 내 팔뚝이 문갑 위에 숨쉬고 있습니다. 이리저리 흔들리는 내 허술한 방에 닻처럼 딱 버티며 잠들어 있습니다.

　이 도시, 돈이 굴러가는 속도에 일 주일간 끌려다니다 보면 멀미증에 구토증에 내가 누구인지 도무지 알 수 없습니다. 다 토해버리고 나면 내 속엔 내가 없어집니다.

　북한산으로 도망쳐 나왔습니다. 오를수록 멀미가 진정됩니다. 가을산 깊은 곳에서 땀으로 어지러운 것이 빠져나갑니다. 고요한 숲속의 방에 이르면, 뒤엉켜 꼬인 내장들이 드디어 제자리 찾아 돌아앉습니다. 썩은 오리나무 한 토막처럼 흙에다 자신을 맡겨버리듯, 숲속 나만의 방에서 두 눈과 두 귀를 닫고 스르르 돌아눕습니다.

　북한산 그 거대한 몸체로 들어와서는 까딱 않는 저 나무토막, 내 방을 지키며, 갈팡질팡 이 도시의 하늘 위의 하늘을 둥근 몸으로 느끼고 있습니다. 자꾸만 닫히려는 내 눈과 귀를 둥글게 열리고 닫히게 하는 그 하늘을 부드럽게 삭은 몸으로 만지고 있습니다.

날아가는 은빛 멸치떼
—이 세상의 방 한 칸

길바닥을 무단 점령하고 불쑥 튀어나온 부엌,
부엌 바닥에서 올라온 수양버들이
부엌 천장을 뚫고 나와 하늘을 가렸다.
무허가 2층 슬라브집, 가파른 철계단으로
기우뚱 올라간 노인의 방,
그 방을 뒤덮고 있는 수양버들처럼 금이 갔다.
벽의 어지러운 금처럼 몸과 마음이 갈라진 노인,
창 밖 수양버들을 죽은 마누라쯤으로 여기고 있다.
마늘과 밤을 까서 내다 팔며 노인은
몸 속에서 썩고 있는 시간을 실실 흘리고 있다.

서른다섯에 마누라 묻고 세 식구 데리고
마산 가서 멸치잡이 도구릿배 탔지,
그렇게 한 이십 년 벌어 묵었지 뭐,
그때 이 방바닥처럼 온몸에 금이 간 기라.
두 아들은 사북서 탄 캐고 있고
막내놈은 여기 대구서 가스 배달하고 있지,
허허, 그렇게 벌어 묵었지 뭐,

오래 전에 문 닫은 '삼광비디오' 가게,

'화성양곡'과 부서진 자개농장으로 문을 매단
'대명연탄' 가게, 기름때 절은 '모성 드라이크리닝',
'쇼팽 피아노학원', 골목 사이사이로 햇볕 사이로
피아노 비쩍 마른 선율이 꾸물꾸물 기어다닌다.

허어, 제무씨,* 신작로 나기 전까지
봉화에서 목도질 하며 묵고 살았지 뭐,
난리 때까진 산판에서 우리 네 식구
그날그날 벌어 묵었지 뭐,
그때에야 힘깨나 썼지,
요령 삼아 목도 노래깨나 불렀지,
그때 벌써 이렇게 허리가 굽은 기라.
그렇게 한평생 벌어 묵었지 뭐, 허허.

시간이 다시금 슬며시 비켜가는 이곳에서
햇볕이 참새처럼 내려와 앉아 놀고,
노인은 새우등을 하고 마늘을 까고 있다.
이리저리 갈라터지다 못해
무심한 세월로 꿰매어진 검은 몸 속에서,
불쑥 목도 소리 한자락 삐져나와

피아노 선율에 섞여 흘러다닌다.
그 파도에 수양버들이 흐느적거린다.

이 가을, 속살 다 비쳐 보이는 햇볕을 받아
수양버들 가지에 멸치떼가 이리저리 헤엄친다.
노인이 아랫배에 한번 힘주어 목청 돋우면
은빛 긴 멸치떼가 퍼드득
멀리 새털구름 향해 날아간다.
햇볕이 달려오는 쪽 너머 저쪽으로
새우등 할아버지를 태우고 간다.

* 제무씨 : 제너럴 모터스 사의 트럭.

3부 | 물컹거리는 향수

그 고목으로 살아 있네

손 한번,
잡아보지 못했는데
그 이름, 날이 갈수록
내 실핏줄 속에서
더 파닥거리네.
커피 한잔,
같이 나누지 못했는데
그 목소리, 해가 갈수록
내 허파 깊은 곳에서
더 울고 다니네.

하마 이십 년 전,
눈으로만 읽던 그녀 향기,
작은 시냇물 같은 향기,
갈수록 사그라지지 않네.
화염이 타는 내 인생의 길바닥에서도
마르지 않네.
이제는 잊었는가 싶은데
어느덧 큰 산의 이내로 커져 있네.

갈 길 멀다 쉬어가는 곳
구름처럼 머물다 가는 곳
산굽이 돌아 바람이 오는 곳
하늘가에 그리움 일던 곳*

그녀 뿌려놓은 겨자씨,
어느덧 내 몸 속에서
베어낼 수도 파낼 수도 없는
고목으로 자라났네. 그 뿌리
내 몸의 핏줄로 얽혀 있네.

그, 그 사람 지금
어디에 어디에 있나,
어느, 어느 하늘 아래
무엇을 무엇을 할까*

내 고향 청도(淸道)에서 만난 그녀,
콘크리트 속에서 노래방 카바레 속에서
청도는 이제 내 마음속에서 죽고,
그녀만이 고목으로 남아 있네.

아스팔트 까느라 베어지고 없는
청도의 그 고목으로 살아 있네.

내 마음, 구름처럼 머물다 가는 그곳.
내 마음, 새처럼 집을 짓다 가는 그곳.

*가수 윤시내의 노래 〈고목〉에서 인용.

겨울숲

이상도 해라
겨울숲이 더 가득 차 있다니,
앙상한 가지에
더 많은 것들이 달려 있다니,
바위 같은 내 마음에
파고 들어와
드디어는 뿌리내려버린
저 뜨거운 핏줄의 겨울나무,
빈 가지 벌려
텅 빈 마음 열어
바람 소리 새소리 서리까지
차곡차곡 쟁이는구나,
눈보라에 살 에이며
수액(樹液)으로 삭여내는구나,
아무런 수식도 기교도 없이
詩로 도로 내뱉고 있구나,
원피스 투피스 팬티까지 다 벗어버린
알몸의 불덩이,
농익은 저 여자 겨울산,
맨얼굴의 화장술이

보다 더 전략적이구나,
더 고혹적이구나, 내 삶은
내 詩는 언제쯤 훌훌
옷 다 벗어버릴 수 있을까

내 눈에도 겨울비가

겨울비 추적추적 맞으며
오늘 나 정신없이 구경했네.
여성지 『에꼴』 표지 모델
온몸으로 빨갛게 웃고 있는 베꼬니아.
그 베꼬니아, 주머니 속에 늑골 속에 가두어두고
나 혼자만
두고두고 만지작거리고 싶었네.
행인이 지나가면 얼른 그 옆
『월간조선』 쳐다보는 척,
5분이나 넘게 나 황홀했었네.
허리 굵어져 우울하게 굳은 내 몸에
그 베꼬니아, 애인같이 스며들어와
5분이나 넘게 환하게
아르곤 불을 켰네.
그 베꼬니아 향기에 속아
마흔 살의 내 염통
스무 살의 박동으로 뛰어야 했네.
자신만만한 자본이 마구마구 찍어내는 베꼬니아.
매일매일 우유 한 컵처럼 소비되는
이 도시의 베꼬니아들.

내 염통만 그렇게 순간
하릴없이 뛰어야 했네.
팔 길게 뻗어 움켜도
뼛속 칼슘처럼
다 빠져나가기만 하는 마흔 살,
때 아닌 비가 내리는 오늘
내 눈에도 겨울비가
흘러내리고 있었네.

詩의 마음

그녀 떠난 지 십수 년,
그리움이 어디
구름뿐이랴 강물뿐이랴 눈물뿐이랴,
내 마음에 손톱이었던 발톱이었던 그녀가
내 피 속으로 사라진 지 십수 년,
그리움이 어디
그 벤치의 낙엽뿐이랴
긴 키스 뒤의 한숨뿐이랴
그 한숨 스며들어간 모래알뿐이랴,
탤런트 이경진 닮은 여자만 보면,
그녀가 흘린 눈물이 키워온
내 마음 한쪽의 무성한 잡초
쓰윽 쓰윽 소리내어 흔들리네,
용서란 말조차 이젠 필요없다
잊어버린 그녀,
시를 쓰니 휴화산처럼 살아나네,
시를 쓰다보니 사무치게 미워지네,
계속 쓰다보니 문득 용서되네,
뻘밭 같은 내 마음의 논밭을
시의 여린 마음이 갈아엎어주네,

시를 쓰는 순간만큼은

그녀들, 들꽃으로 피어나길

가평역을 지난다.
철교 밑 조그만 목선(木船)을 본다.
빗줄기 속 목선 타고 같이 놀던 그녀,
지금 밖에는 장마비 내리고
그 목선 바라보는 내 속에도
십수 년 전 그날처럼 장마비 쏟아진다.

한때 내 몸 속 창자였던,
허파였던, 살갗이었던……
정말 그녀를 통해서 숨쉬고
햇빛을 빨아들였다.

오늘은 기차 타고 춘천 가는 길,
수도 없이 그녀와 오던 길,
봄 여름 가을 겨울 빠짐없이 이곳으로 왔건만
지금 내 마음에 비 내리니,
그 시절 사시사철마다에도
장마비가 내리는구나.
장마철로 바뀌는구나.

그녀 못 몰아내고 있는 내 마음속에는
사시사철
푸른 비, 푸른 강물, 푸른 숲, 푸른 이내……
내가 좋아한 그녀들, 하나같이
비의 가수 송창식을 사랑했다.
비 오면 자욱이 살아나는
푸른 안개 같은 그녀들,
내 몸 세포세포마다 피멍든 흔적으로
박혀 있는

내 삶의 굽이굽이
흐르는 계곡마다
또다시 살아나는 그녀들,
장마비 장대같이 쏟아져도
그 계곡 푸른빛이 이제 더는
눈물빛이지만은 않기를,
지금 큰 언덕을 오르는
내 발길에, 그녀들,
환한 들꽃으로
피어나기를,

물컹거리는 향수(鄕愁)

그녀는 어느 하늘 아래
밥 먹고 똥 누고 있을까.

그리움 하나로도
한 이십 년
마음으로 뼈로 삭여봐라,
오래 못 본 타인도 문득
마누라 같은 생각이 든다.
밥상이나 TV 앞에 늘
같이 앉은 느낌이 든다.

그만 하면 이젠
사랑도 향수로 둔갑하리라.
산업화로 카바레 주유소로
고향 잃어버린 나에게 그녀는
내 돌아가 안길 옛마을이다.
이십 년 전의 햇살이 가을바람이 저녁노을이
그때 그 단발머리를 지금도 여전히……

서로 엇갈리며 번개같이 피하던

스무 살 눈빛,
속 타는 냄새가 그 속에서
어른거렸다.
손목 한번 못 잡아봤다.
홍옥 둥글게 익어가는 날,
홍옥 하나 따주며
흠도 티도 없는
홍옥 같은 마음 남기고 떠나버렸다.
그후 이십 년
내 속에서 똥도 안 누는 여자였다.

만날 수 있으리란 생각 하나로도
내 염통이 죽는 날까지
지치지 않을 수 있는 그녀,
지금 어디메쯤, 굵어진 허리로
양변기에 걸터앉아
내 마누라처럼
똥 누고 있을까.
그리움 물컹, 거리는……

1977, 무진

안 어울리는 화분에다 꽂혀진
푸른 튜울립. 모가지 일으켜 세운
모랫바람 때리고 할퀴며 지나가는 장바닥
무진처럼, 동네 사람들 얼굴판처럼
황폐한 면소재지
가장 오래된 다방,
어색하게 옮겨다 심겨진
커오르다 만, 아담하게 슬픈 튜울립.

돈맛밖에 모르는 시골 오입쟁이들
도마뱀처럼 기어오고,
도마뱀 눈길과 손더듬에 흠칠흠칠 소스라치는,
송림다방에 홀로 낯설기만 하던
조용한 여자.

버리고 간 남자 찾아
그 남자의 코트 냄새
코트 펄럭거리는 바람 좇아
南道 淸道까지 떠내려온 여자,
77년이던가 그 겨울에 왔다가 티끌처럼

날려가버린 여자 미스 진,
어느덧 창자 속에 또아리 튼 바람에 이끌리어
이제는 스스로 온몸으로 바람의 근원이 되어버린,
꼭 한 달 만에 떠나고 만

그해 크리스마스 이브
유신 말기, 아랫도리가 늘 얼어붙어 있던 나는
그날 밤 약속을 펑크냈다.
일 년 후엔가, 영덕읍에서 보았다는
소문이 왔다.

주눅든 나는 찾아가지 않았다.

강촌, 그녀 눈 속의 강바닥

저렇듯, 황급스럽게 흘러가버렸던 물살, 황해를 지나 남태평양 어디쯤 부지런히 돌아다니다가, 새우나 갈치 살 속에 잘 익은 피로 돌다가, 시베리아 자작나무 잎사귀에서 아침 햇살로 반짝이다가 지금 내 앞에서 황망히 흐르고 있는

그렇게, 나의 시간도 흘러가버렸다. L은 죽어서 한 무덤에 나란히 묻히자고 했다. 혼령이 되어 관에 구멍을 뚫고 서로 오가자고 했다.

우리는 저 울퉁불퉁한 강바닥을 내려다보며 이 자리서 칼국수를 먹었다. 그때 먹은 칼국수가, 커피가 내 몸 깊은 안쪽 작은창자에 융털 하나로 남아 지금도 L을 기억하고 있을 게다.

앞뒤 못 가리고, 실없이 뱉어내던 농담(濃談)이 냉혹한 강물이 되어 흘러갔다. 눈물과 내 어두웠던 거리들의 빗물에 섞여, 캄캄한 무의식의 바다 깊숙이 흘러가버렸다.

눈가 잔주름이 늘어갈수록 깊어지는 아내와 어린 딸을 데리고 이십 년 만에 칼국수를 찾는다. 지저분한 겨울 강바닥을 쳐다보며 커피를 마신다.

우리 둘 사이 흐르는 강물 또한 저렇게 더러운 겨울강처럼

울퉁불퉁 살아 있었다. 가끔 죽은 물고기가 떠오르고, 스치로
폴 쪼가리 둥둥 떠다니는, 죽은 물이끼를 뒤집어쓴 바위들이
누워 있는 강바닥, 때를 따라 잡풀들, 미루나무 우거지고 물
총새 총총거리는, 내 딸 이서가 겁없이 아장아장 노니는 강
바닥, 내 詩 속에서, 눈빛 속에서 파닥거리며 빛나는

음화(陰畵)로 유폐되었던 칼국수의 시간이 내 몸 속 바다
깊이 구석구석을 커다랗게, 수없이 돌고돌다가 거슬러 오늘
강바닥에 이끼 낀 바위로 얼룩덜룩, 얼핏설핏 드러난다. 아내
와 나 사이 무심히 흐르는 깊고 두꺼운 강물 속에.
  딸아이를 끌어안고 볼을 비비는 그녀의 눈 속에서 강바닥
이 한층 깊어진다.

장미와 김씨

　변덕이 좀 심해 쉽게 우울해지는 경향이 있는 김씨는 오랜만의 숙면에서 벌떡 일어난다. 이불 속 아랫도리의 탱탱함에 비례하여 빨리 일어날 수밖에. 김씨의 날렵한 하루의 시작은 김씨의 숙면에 비례하고 김씨의 숙면은 결국 김씨 아랫도리의 탱탱함에 정비례하는 셈이다. 화장실 다녀와 진정시킨 후 김씨는 창을 열어제치고 느닷없이 〈오 솔레미오〉를 뽑는다. 저 아랫도리의 탱탱함에 비례하여 그만큼 기름지게 용솟음치는 김씨의 목소리. 김씨 목소리는 방 안으로 들어와 새근새근 자고 있던 얌전한 아침 햇살을 흔들고 간질여놓아 자지러지게 한다. 햇살에 휘감겨 곱게곱게 졸던, 베란다 화분의 장미꽃 이파리를 일깨워놓고, 잔잔하게 방 안에서 물결치며 놀던 장미 향기를 놀래켜서 온 방 안에 뒤죽박죽 허물허물 흐드러지게 만들어버린다. 그 어수선함에 잠이 깬, 잠이 늘 부족한 신부가 그저 생글생글 웃으며 팔을 뻗어 벌리자 김씨는 그 어수선함에 묻혀 정신없이 이불 속으로 빨려들어간다. 그 어수선함에 한동안 방 안의 먼지가 더 어수선하게 진동을 친다. 먼지들이 흔들려 비틀대며 키들대는 햇살 속에서 광란하는 동안, 장미꽃 이파리는 창으로 기어들어온 서늘한 아침 바람과 한바탕 어울려 서로 맞잡아 흔들고 비비고 물고 핥고 휘감다가 히히덕거린다. 그 틈에 발끝을 한껏 오므렸다 펴며

전력을 다해 장미는 물을 빨아올린다. 저 김씨 아랫도리의
탱탱함에 정비례하여 더욱 어수선하게

솔베이지

피와 살, 한 번 얽혀
내 몸에 스며 있는 너의 숨소리

먼 길 떠나와
내 몸에서 되살아나는 너의 노래 소리

이곳 겨울 미루나무 숲에서도
너의 향기가

황혼이면,
내 푸석거리는 혼을

이 골목 저 거리
지친 바람처럼 끌고 다니는

은빛 병어, 진해(鎭海)

장복산 이내가
여인의 엷은 한숨 풀어지듯
지붕들 위로 무시로 내려앉음

양수(羊水) 찰랑이는 진해만 안개가
길고 흰 팔로
벚나무 미끈한 허리를 휘감음

여인처럼 누워 뒤척이는 소도시
팽만한 가슴 안에서
벚꽃 이파리 난분분

그 꽃이파리 떨어진 경락마다
배롱이 점점이 피어오름

저녁 바다에 튀어오르는
은빛 병어, 진해가 파닥거리며
배롱의 붉은 입술로
떨어지는 햇살을 쪽쪽 빨아먹고 있음.

가끔씩 가을하늘을 베어먹고 있을

내가 사는 집에는 대구의 가을이
홍옥 속에서 다소곳이 익어가고 있다.
과즙이 뚝, 뚝! 떨어질 것같이 잘 익은 하늘에
문득 펄럭이는
밀라노 산 코발트빛 바바리,
하늘을 깨물듯이 홍옥을 씹어 먹다가
불현듯 같이 먹고 싶은 사람이 있다.
파트리치오.

은단풍 붉게 익어가던 그날
한국식으로
내 손을 덥석 잡으며 꼬부라진 혀로
형님! 하고 부르고는
홍옥처럼 곧장 빨개졌다.
한국문학을 공부하면서도
한국쌀마저 푹 삶아서
이태리식으로 건데기만 건져 먹던 그는
고향 나폴리에 돌아가 있다.
지금 나폴리에도
가을은 집집마다 머물고 있을 게다.

그의 집에는 그를 닮은 올리브로
맑은 얼굴로 매달려 있을 게다.

파트리치오,
그도 홍옥이 그리울 땐
한국 땅에서 홍옥을 베어먹던 식으로
올리브 붉게 익어가는 나폴리 하늘을
한입씩 베어먹고 있을 게다.
그때처럼 곧잘 붉어지고 있을 게다.

배롱의 혀

각질을 뚫으며 불도저처럼 쇠뿔처럼
내밀고 나오는 저
담초록 어린 이파리들,
봄하늘 흐르는 햇살가루
날름날름 핥아먹고 있다.
배롱나무 그 여리고 도톰한,
햇살가루 녹아 반짝이는 혓바닥을
창백한 내 입술이 꾹꾹 누르며
쪽쪽 빨아먹고 있다.
수술 받고 꿰맨 자리, 연한 속살이
이파리처럼 동그랗게 차오르고 있다.

아파트 단지를 가로지르는 간선도로변
저 배롱나무, 수많은 쇠뿔을 치켜들고
소음, 먼지와 맞부딪히며
종일토록 어깨를 겨루고 있다.
죽어라 밀쳐내고 있다.
단지 안 무심한 나(我)들의
새롭게 차오를 속살을 위해,
쥐똥나무와 스크럼 짠 채

똥구멍에 힘줄 바짝 세우고 있다.
까치발로, 혀를 내밀어
산도 높은 봄비를
우유처럼
쫄쫄 빨아먹고 있다.

내 똥구멍이 짠하다

*시작 메모 : 시는 진물이다. 상처에서 스며나와 그 상처를 덮어 가리우고 그것을 아물게 하는 체액이다. 올해 전신마취 수술을 두 번이나 받았다. 갈라터진 내 몸이 시의 밭이다.

안개로 스며들고 싶은

단 한 번의 눈길로
먼 곳에서도 끌어당기고 있는 여자,
이마가 둥글고
새벽 이슬에 젖은 물푸레.
점점 더 짐승으로 변해가는 이 도시에
오월 담초록빛으로 숨쉬고 있는 잎사귀.
그곳 공기를 가볍게 부풀어오르게 하는
작은 잎떨림.
매연을 소음을 가라앉히는
촉촉한 육향(肉香).
버스를 기다리다 우연히
힐끔힐끔 훔쳐다 본 그 여자,
사심 없이
물푸레 잎사귀 사이
안개로 스며들고 싶은,
이 도시, 이 지구가
푸석거리는 내 혼처럼
푸르게 숨쉴 수 있는

제발 도둑이라도 들어왔으면

누구에게나 애써 존댓말 꼬박꼬박 올린다.
괜한 반말로 틈을 내주는 게 싫다.
굳이 끈적끈적 동료들과 어울려
밥 먹으러 같이 안 간다.
밥 먹다 벌린 입으로, 실수로,
마음까지 열릴까 무섭다.
도대체 입으로 느닷없이 어떤 벌레가 튀어나올까,
서로 사이 무심한 평화를 갉아먹어버릴까,
서툰 대화로 내가 내 속을 엿보는 게
철갑벌레들을 보는 게 무섭다.

내 속에 과연 벌레는 있는가.
벌레 소리만, 정말 소리만 환청으로 울리는 심연,
심연만이 우주를 탐욕스럽게 빨아들이지 않는가.
식당 한 구석에 쪼그리고 앉아
병들어 쫓겨난 닭처럼
얌전히 쪼아먹고 있다.
나만의 내면을 채우려고
사십 년간 부지런히 정신없이 쪼았지만
내게도 내면은 있는가.

나만의 천국, 네모진 성채,
햇빛도 쬐지 않은 북향 연구실에
수첩 속의 신용카드처럼 안전하게 박혀 있다.

버릇, 자유케 하는 버릇은
얼마나 눈물겨운가.
자유,
내 스스로 존재하는 이유,
텅 빈 내면을 부질없이 사수해야 하는 이유,
텅텅 울리는 성채에서 혼자
불안하게 놀아야만 하는 자유,
내 속에서 잠들지 못하고
핏속을 뼛속을 울고 다니는 벌레 소리,
심장을 창자를 헤집고 돌아다니는 내면의 칼날들,
내게도 보여줄 내면은 있는가.

겨울밤, 혈관 속에서 윙윙 울고 있는 이 밤,
내게도 남이 들어와 손 녹이며
놀다 갈 수 있는 내면이 있는가.
겨울밤, 미쳐가고 있는 이 밤,

아파트 문을 열어놓고 잔다.

제발제발 도둑이라도 좀, 들어와주었으면!

홍옥을 같이 먹고 싶은 사람은

대구의 하늘이 내 눈 속에서
홍옥으로 익어가고 있다.

나나 무스꾸리 슬픈 노래를 듣고 있다.
에게海, 햇살 찰랑이는 가을 바다에서 번져나오는
그 깊고 맑은 소리

이 저녁, 나나 무스꾸리를 같이 듣고 싶은 사람은
잡풀 시들어가는 내 마음의 하늘 저쪽
워싱턴에 가 있다.

에게海 푸른 소리를 엿듣고 있는 별빛 아래서
그녀의 깊은 하늘 아래서도
능금이 익어가고 있을 게다.

사·랑·한·다
토해내지 못한 늑골 속 불덩이가
단단하게 속심으로 박혀 있는

홍옥을 같이 먹고 싶은 사람은

마음으로 난 사잇길로도 돌아오지 않아야 할
지구 뒷동네에 살고 있다.

여름 아침

7.5평 아파트
어머니 작은 베란다에
어린 햇살이 내려와 논다
아장아장 논다
알로에에 올라앉은 참새
부르르, 덜 빠져나간 잠기운 털어내고
햇살을 받아 챙긴다
허리뼈에서 올라오는 신음 홀로 삼키며
어머니, 저승옷 꺼내와 다듬는다
참새가 허옇게 센 정신으로 들어와
이따금 둥우리를 친다
햇살 먹는 어머니,
새우등을 하고 자주
여름 아침 하늘
톡, 톡, 날아다닌다

충만한 '말'과 충만한 '텅 빔'의 미학

방민호(문학평론가)

1

서림의 이번 시집에서 매우 두드러진 특징 가운데 하나는 말의 육체화를 지향하고 있다는 점이다. 시란 말이다. 그런데 말이란 본디 신비스러운 힘을 가진 것이 아니었던가. 사람과 사람을 이어주고 사람을 둘러싼 물상에 인간적 생명의 숨결을 부여해주는 신비스러운 수단이 곧 말이라는 무형무색의 기체였던 것이다. 그러나 우리는 많은 사람들에 의해 이 투명한 묘약의 권능이 사라져버렸다고 믿어지는 시대를 살고 있다. 말은 사람과 사람 사이를 스쳐 대기 속으로 녹아 사라진다. 이 근대라는 인류적 삶의 단계 속에서 대기 속으로 녹

아 사라지는 것은 새롭게 만들어지는 물상에 국한되지 않는
다. 인류와 그 수명이 같은 말이라는 것이 매 순간 대기 속으
로 덧없이 사라져가면서 그 본디 지닌 바, 세계와 물상에 영
혼의 숨결을 불어넣는 역할을 상실해가고 있는 것이다. 이처
럼 위기에 처한 말을 위한 처방은 없는가. 서림은 말의 위기
가 그 육체화를 통해 극복될 수도 있다고 생각한다. 말을 허
공 속으로 사라지지 않게 하는 것, 한쪽 귀로 들어가 한쪽 귀
로 나가버리는 덧없는 기체의 운명을 살지 않게 하는 것, 마
치 밥처럼 빵처럼 입을 통해 사람의 몸 속으로 들어가 씹혀
지고 소화되고 배설되게 하는 것, 말로 하여금 냉정한 공기
를 타고 넘어와 고막을 한순간쯤 떨게 만들고는 그뿐, 덧없
이 사라져버리는 공허의 대명사가 되게 하지 않고 그 말을
듣는 이의 몸에 피가 되고 살이 되어 흔적을 남기게끔 하는
것. 이름하여 말의 육체화야말로 서림이 추구하는 시의 세계
인 것이다. 그의 시론을 시화한 것이라 볼 수 있는 「말의 혀
1」 2연은 이같은 지향을 분명하게 드러낸다.

너의 귀가 아니라,

내 말이

너의 입으로 들어가기,

내 말의 살점이

너의 이빨로 질근질근 씹혀지기,

내 말의 뼈다구가

너의 밥통에서 엿물처럼 삭혀지기,

참말로 내 말의 입자가
그 쌀가루가 밀가루가
너의 귀가 아니라,
너의 창자에서 소화되기,
내 말의 불기운이
너의 융털로 흡수되기, 참말로
그것의 너의 똥구멍에서
똥으로 나오기,
다시 그 똥가루가
쌀가루 보릿가루 되어
내 입으로 들어오기,
참말로 내 말의 혀로
너의 똥구멍 핥아주기.

"내 말"이 "너의 귀가 아니라" "너의 입으로 들어가" "내
말의 살점이" "잘근잘근 씹혀지"고 "내 말의 뼈다구"가 "너
의 밥통에서 엿물처럼 삭혀지"고 "내 말의 입자가" "너의 창
자에서 소화되"기를 '나'는 바란다. "내 말의 불기운"이 "너
의 융털로 흡수되"고 배설되어 다시 그것이 "내 입으로 들어
오기"를 '나'는 바란다.
　이것은 무엇인가. 나는 너라고 한 것을(황지우) 다른 말로
바꾸어 표현한 데 지나지 않는 것인가. 그렇지 않은 것 같다.
나는 너라고 한 그 급진적 비약의 관념성이 너와 나의 소통
불가능을 강제하는 새로운 시대적 현실 앞에 무너져내렸을

때 말, 곧 시의 권능 역시 무너져내린 것처럼 보였다. 무엇보다 시인들, 문학인들이 그같은 시대적 추세를 용인했을 뿐만 아니라 그 앞장을 서서 '시의 죽음'을 논하고 멀티미디어 문화 시대에서의 문학의 몰락을 예견했다. 말은 이제 더이상 사람 사이를 본질적으로 연결하는 소통의 언어가 될 수 없고 가능한 것은 오로지 자기 표현뿐이라는 생각이 주류를 형성하기에 이르렀다. 말은 한갓 부유하는 기표로 전락했던 것이다. 이런 현상이 근년에 와서 두드러진 것은 역사에서만이 아니라 문학에서도 많은 것들이 되풀이될 수 있음을 보여주는 것 이외에 별다른 것이 못 되는 듯하다. 이미 오래 전에 이청준 같은 작가는 『남도사람』이라는 연작을 통해 말이 약속이 되지 못하고 사람들을 이어주는 기능을 상실했음을 비판하면서 말이 말다운 기능을 되찾을 수 있는 방법을 모색하고 있지 않았던가.

서림 역시 말을 말답게 만들 수 있는 길을 놓고 고민해왔음은 그의 시론집(『말의 혀』)을 통해서도 확인되거니와, 그에게 있어 내가 네가 되고 네가 내가 되는 길은 내가 너라는 관념에 의해서가 아니라 내 말이 네 몸의 일부가 되고 또 그것이 다시 내 일부가 되는, 말의 육체화라는 힘겨운 고투를 통해서 비로소 열리는 성질의 것이다. 이같은 말의 육체화를 통한 나와 너의 변증법적 소통(疏通), 혹은 유대(紐帶)라는 것이, 말이 말다운 원시 본연의 자태를 상실해버린 지금에 있어 가능한 것일까. 서림은 현재와 같은 삶의 개체화, 파편화, 분열화 속에서도 그같은 가능성이 추구되어야 한다고 생각한다. 또한 그같은 말의 가능성이 아직 완전히 소진되지 않았다고 생각하기도 한다. 문제는 그것을 현실화하고자 하는 의지에 있다는 것이다. 그렇다면 그의 이번 시집은 바로 이같은 의지의 산물이라고 할 수 있을 것이다.

이렇게 생각해보면 서림이 구사하는 "말의 혀"라는 시어가 얼마나 깊은 뜻을 갖고 있는지, 그가 "내 말의 혀가/너의 쪼글쪼글한 꿈에/그 가장자리라도 핥을 수 있다면"(「말의 혀 2」)이라고 노래할 때 그것이 얼마나 큰 희망을 피력하고 있는 것인지, 그가 구상하는 "말의 숲"(「박수근 2」)이란 얼마나 큰 이상에 속하는 것인지 알 수 있다. 또한 말이 말답게 씌어 사람과 사람 사이의 소통과 유대를 가능케 해주는 신성한 공간이 바로 서정시라면 그는 이 편만(遍滿)한 자본의 시대에 유실되고 있는 서정성을 회복하려는 불가능한 것처럼 보이는 시도를 행하고 있는 것이라 할 수 있다. 정신주의와 해체주의 사이의 토론이 정신주의 쪽에 남긴 것이 정신의 해체를 강요하는 시대적 조건 속에서도 서정적 정신을 구축해갈 수 있는 방법론의 필요성이었다면 말의 육체화를 통한 서정성의 회복이라는 서림의 구상은 매우 값진 것이라 하지 않을 수 없다.

2

이번 시집 가운데 유난히 많은 분량을 차지하고 있는 것이

바로 「박수근」 연작이다. 박수근. 이름은 있으나 이름이 없는
것이나 별다름이 없는 민초의 이름이다. 그것은 풀, 애기똥풀
일 수도 있고 나문재일 수도 있고 명아주일 수도 있다. 어디
에서나 마주칠 수 있으되 그 존재를 의식하지 못하고 그 이
름 쉽사리 기억하지 못하고 스쳐지나갈 수 있는 것들의 이
름, 바로 그것이 박수근이다. 또한 세상에는 그런 박수근이
너무나 많은 것이다. 실상, 나 아닌 존재란 대부분의 경우 박
수근이 아니던가. 아주 특별한 경우에나 물상들은 박수근적
존재로부터 벗어날 수 있는 희귀한 가능성을 얻게 되는 것이
다. 사람들은 저마다 박수근들을 풍경 삼아 제 삶을 열심히
꾸려가는 것이다. 그렇다면 서림은 무슨 연유로 그런 박수근
을 이름 삼아 여러 편의 연작을 시도했던가. 그 이유가 간단
치만은 않게 여겨진다.

　연작을 보면, 박수근은 "시래기, 호박나물, 다 팔아도/만원
어치도 안 될 것들을 벌여놓고" "낯선 정물로만 앉아 있는
노파"(「박수근 1」)이다. 박수근은 "단골로 찾고 있는 합천집,/
오 년째 내 목숨 이어주고 있는 밥집 아줌마"(「박수근 2」)의
이름일 수도 있다. 또한 박수근은 "한여름 내내 한천을 팔고
있었"던, 나의 "콩나물 시루 빛깔을 벗어나보지 못한 어머니"
이자 지금 "쭈그러진 다라이 앞에 쪼그리고" 앉아 "보리쌀을
내다 팔고 있"는 "고양이 상을 한 여인"(「박수근 3」)이기도
하다. 상급학교에 가기를 포기하고 간호보조원으로 갔다 "잿
빛으로 구겨진 사내를 만나/잿빛 아이를 기르다가/담뱃재
처럼 사위어버린 누나", 지금도 삼선교에 홀로 숨어 살아 대

낮에도 "밤귀뚜라미마냥 살고 있는 누나"(「박수근 5」)가 바로 박수근이다. 그 누나네 집을 찾아가는 골목에서 만나 시름겹게 아이를 업고 있는 "잿빛 풍경으로부터 분간해낼 수 없는/검은 얼굴"(「박수근 6」)의 소녀도 박수근이며, 그 밖에, "옛풍경"을 찾아나선 "방천시장"의 "가난한 골목"에서 아직도, 대를 이어 신산스러운 삶을 벗어나지 못하고 있는 옛사람들이 모두 박수근 바로 그나 다름이 없다.(「박수근 7」) 부산죽집 아줌마 또한 박수근이 아닐 리 없다.(「박수근 8」) 이것은 무엇인가. 왜 서림은 이 모든 이들, 그 자신의 어머니와 누이와, 가난했던 옛날의 풍경을 이루고 있던 많은 이들을 모두 박수근으로 부르게 되는가.

이 대목에서 다시 「말의 혀 1」로 돌아갈 필요가 있다. 이글의 1절에서 따로 인용했던 「말의 혀 1」의 2연이 말의 육체화를 통한 '나'와 '너'의 진정한 소통과 유대를 노래한 것임은 이미 언급했던 바이다. 그렇다면 여기서 '너'란 도대체누구인가. 그 1연을 통해 그 '너'의 정체들을 확인할 수 있다.

> 그냥 습관적으로, 소음에
> 부르르 떨어보는, 타이어 가루로 도배된,
> 빌딩 앞 엎드러진 바위여,
> 나처럼 이 도시처럼 삭아버린 콘크리트여,
> 눈먼 아황산가스여, 불쌍한 부르주아여,
> 필리핀에서 팔려온

푸르딩딩 프롤레타리아여,

'너'는 "빌딩 앞 엎드러진 바위"이고 "도시처럼 삭아버린 콘크리트"이고 "눈먼 아황산가스"이다. "불쌍한 부르주아"이자 "필리핀에서 팔려온/푸르딩딩 프롤레타리아"이다. 그렇다면 이것은 글자 그대로 바위이고 콘크리트이고 아황산가스이고 부르주아, 프롤레타리아인가. 그렇지 않음은 물론이다. 이들은 모두 박수근의 다른 이름인 것이다. 부르주아도 프롤레타리아도 박수근이며 버림받은 도시의 죄많은 물상들이 모두 박수근인 것이다.

내가 말하고자 하는 것은 '너'라는 존재를 향한 서림의 무차별함이다. '너'들은 무차별한, 차별되지 아니해야 할 존재이다. 부르주아도 불쌍한 것이며 눈먼 아황산가스도 소통과 유대의 대상에서 예외가 될 수 없다. 경계와 분별을 초월하여 대상을 '너'로 호명하고 그로써 그 '너'를 '나'와 동등한 존재로 이해하고 바로 그러한 '너'와 '나'의 신성한 말의 공동체를 수립하는 것, 이것이 서림의 지향점이다.

이같은 서림의 생각을 분명하게 드러내주는 것이 바로 「박수근」 연작에 나타나는 그 자신의 가족과 낯선 사람들과의 병치(竝置) 양상이다. 콩나물 행상을 하던 나의 어머니는 보리쌀 행상을 하는 이름 모를 여인과 병치관계를 이루고(「박수근 3」) 누이를 찾아가는 골목에서 마주친 시름겹게 아이를 업고 있는 소녀는 반지하에서 힘겨운 삶을 살아가고 있는 누이의 모습과 병치를 이룬다.(「박수근 6」) 또한 「내 몸에 뿌리

116

를 내리고」 같은 작품에 오면 "국밥집 먼지 긴 창 저쪽,/대가리 댕강 잘려나간 플라타너스"가 '나'라는 존재를 연상시키는 물상이 되기도 한다. 가까운 것을 가깝게 대하고 먼 것을 멀게 대하며, 윗자리에 서는 자는 윗자리에 맞게 아랫자리에 서는 자는 아랫자리에 맞게 사고하고 행동해야 한다는 유교적 발상과는 거리를 두는 사유의 양상이 서림의 시를 통해서 확인된다. 낯선 행상의 여인이 곧 어머니이고 낯선 소녀가 곧 누이가 된다. 잘려나간 플라타너스가 나와 같은 존재적 의미를 갖는다. 아내와의 관계를 드러낸 「서정의 고통」 연작이나 통일문제를 수용한 「만약 이대로」 같은 시 역시 같은 맥락에서 읽힐 수 있다. 아내는 아내이자 동시에 "바로 내 간 같은 공기 같은 아내"(「서정의 고통 1」)가 되며 굶주림에 시달리는 북한의 주민들은 '나'의 고통의 근원지가 된다.

'나' 아닌 모든 존재가 '너'가 되고 그리하여 육체가 되는 말을 통해 그 '나'와 '너'들이 이 메마른 세상에서는 더이상 가능하지 않을 것 같은 사랑을 끈질기게도 이어가는 것, 그것이 서림 시의 향방인 것이다. "꾸준한 랠리로 너와 나 사이/한 호흡으로 가다듬는 것,/놀이 상대끼리 서로가 서로를/믿어버리는 것,"(「끈질긴 서정」) 그것이 바로 참다운 서정이라는 것이다.

3

　그러나, 이상에서 말한 것들은 서림 시의 이상에 속한다. 진정한 말의 공동체를 수립하고자 하는 시인 서림의 표면에는 「이 세상의 방 한 칸」 연작을 쓰는, 고통에 시달리는 또다른 시인 서림이 존재한다. 무엇보다 그의 육체는 평온하지가 않다.

　　시내에서 아침부터 저녁까지
　　신경성 위염으로 시달리던 배를
　　달래기 위해 쪼그리고 누워봅니다.

　이것은 「서쪽으로 난 창―이 세상의 방 한 칸」의 일절이다. 그의 위는 사람을 만나는 일에 예민한 반응을 보인다.

　　피를 어지럽게 돌리고
　　살과 영혼이 팅팅 부어오르게 만드는
　　이 도시의 소음,
　　콘크리트 벽으로도 스치로폴로도 이중창으로도
　　막아낼 수 없는 소음,

　또한 이것은 「소음 위에 떠 있는―이 세상의 방 한 칸」의 일부이다. 그의 귀 역시 소음이라는 손님으로부터 전혀 자유롭지가 못하다. 마지막으로 한 편 더.

탐욕스런 눈과 귀의 발작스러운 싸움에 그만 맥이 탁 풀리고 가슴이 울렁거렸습니다. 실핏줄이 퉁퉁 부어올랐습니다. 혈관엔 빌딩이 불쑥불쑥 솟아오르고 자동차 빵빵거리고, 창자 속엔 지폐와 소음이 넘쳐올라 부글거립니다. 똥구멍도 오줌구멍도 어지러워 막혀버렸습니다.

「썩은 나무 한 토막 1 — 이 세상의 방 한 칸」의 일부이다. 이것은 그의 육체가 어떤 상황에서는 그의 정신에 반해 돌발적인 반항을 일으킴을 보여준다. 그의 육체는 "우주의 빈 구멍처럼/숨구멍 숭숭 뚫려 있는/썩은 나무 한 토막"과는 달리 어느 순간에선가는 자기의 문을 닫아걸고 숨이 막히는 농성을 감행하는 것이다. 그의 육신은 무한한 우주의 경계 없는 일부가 되기를 잊고 "이 세상의 방 한 칸"에 스스로 유폐됨으로써만 가까스로 안정을 되찾는 위태로운 상태에 놓여 있다. 그의 육체는 도시의, 사람들과 소음과 대기를 향해 활짝 안심하고 열려질 수가 없다. 그러나 이것은 다만 육체의 병인가.

니체가 평생을 병고와 싸워야 했다면 그것은 아마도 세상에 쉽게 용해될 수 없는 그 자신의 성벽으로 말미암았을 것이다. 발자크가 독한 커피를 수도 없이 마신 끝에 심장병에 시달려야 했다면 그것 역시 잠을 쫓으며 글을 쓰고 또 써야 마음이 놓이는 그의 괴벽 때문이었을 것이다. 이상(李箱)이 폐결핵으로 이른 나이에 세상을 뜨면서도 자기를 독한 결핵

균에 무방비한 상태로 몰고간 행위는 그 자신의 이른 정신적 절망 없이는 설명될 수 없는 성질의 것이다. 육체의 위태로움은 그 사람의 정신적 기질이나 태도를 보여주는 바가 있는 것이다. 그렇다면 서림의 경우라면 어떠한가. "이 세상의 방 한 칸"이란 시어 자체가 그의 정신의 생리적인 외로움을 표현해주는 것이라 말할 수는 없을까.

　　소음 위에 이리저리
　　개밥풀처럼 떠다니는 내 방.
　　　　—「소음 위에 떠 있는—이 세상의 방 한 칸」 중에서

　　도시의 소음으로부터 자유로울 수 없는 그의 내면, 곧 "내 방"은 한편으로는 완강하고 끈질긴 서정을 꿈꾸나 다른 한편으로는 도시적 메커니즘, 곧 "소음"에 위태로이 노출되어 있다. 이 위태로움으로부터 그를 지켜주고 그에게 위안이 되는 것들이란 "2천원짜리/국화 화분"(「소음 위에 떠 있는—이 세상의 방 한 칸」), "앞집 서울슈퍼에서" 산 "홍옥"(「둥글고 완벽한—이 세상의 방 한 칸」), "내 연구실 앞 저 은행나무"(「저 나무 따라, 허리 껴안고—이 세상의 방 한 칸」), "북한산에서 데불고 내려온" "오리나무 한 토막"(「썩은 나무 한 토막 1—이 세상의 방 한 칸」) 같은 작고 초라한 물상들이다. 그렇다면 이들을 통해서나 안정과 위안을 되찾을 수 있는 서림이란 시인은 얼마나 외롭고 위태로운 삶을 살아가고 있단 말인가. 국화 화분이나 한 알의 홍옥이나 은행나무 한 그루나 오리나

무 한 토막 같은 그 모든 것들이 모두 서림이라는 시인의 내
면의 상징물로 간주될 수 있다면, 그는 도시로 표상되는 세
계의 광포한 힘에 맞서 힘겨운 자기 방어를 수행하고 있는
것이다. 이를 그는 땅에 뿌리내리고 싶어하는 그의 이층방
화분의 식물들로 표현하고 있다.

> 이 도시 중심에 휩싸여
> 이리저리 개구리밥처럼 떠다니는,
> 뿌리가 없는 내 이층방
> 햇볕도 들지 않는 창틀에
> 싸구려 화분 30개.
> 허공에 떠서
> 뿌리가 땅에까지 못 미치는
> 국화, 장미, 소심란, 선인장…… 들,
> 내 방을 땅가죽에 한번 붙여보려고
> 뿌리가 화분 밑바닥을 뚫어보려 애쓰다
> 그만 실타래처럼 엉켰네.
> ─「뿌리가 땅에까지 못 미치는─이 세상의 방 한 칸」
> 　중에서

　시인의 이층방에서 땅에 뿌리를 내리려고 안간힘을 쓰는
서른 개 화분의 꽃들, 이 불가능을 꿈꾸는 꽃들의 모습이야
말로 서림이라는 시인의 또다른 면모일 것이다. 그러나 도시
의 생리는 시인의 그것과는 어울리지 않으니 그에게 안정과

위안을 주는 물상이란 이들, 그의 방에 이끌어들여진 작은
우주들과 그 외로운 방의 창문을 통해서 올려다보이는, "하
늘"(「소음 위에 떠 있는」「둥글고 완벽한」「뿌리가 땅에까지 못
미치는」「썩은 나무 한 토막 2」)이라는 무한한 우주의 표상뿐
인 것이다. 그러나 바로 이 하늘이 있고 그 하늘에 대한 동경
이 있으므로 그의 "이 세상의 방 한 칸"은 외롭고 위태로움
에도 불구하고 이 지상의 삶을 견디어갈 수 있는 것이다.

4

　'물컹거리는 향수'라는 부제가 붙은 이 시집의 3부에서는
외롭고 위태로운 지상적 삶을 이끌어가는 서림 시인의 또다
른 방법론 하나가 모습을 드러낸다. 그것은 그의 첫 시집이
그러했듯이 과거로 돌아가는 것, 추억을 되살리는 것, 기억
속에 머무는 것이다. 고통으로 점철된 현재를 견디기 위해서
는 과거가 필요한 것이다. 그러나, 어떤 고통이 그를 과거로
데려가는가.「제발 도둑이라도 들어왔으면」이 그 고통의 깊
이를 드러내고 있다.

　버릇, 자유케 하는 버릇은
　얼마나 눈물겨운가.
　자유,
　내 스스로 존재하는 이유,

텅 빈 내면을 부질없이 사수해야 하는 이유,
텅텅 울리는 성채에서 혼자
불안하게 놀아야만 하는 자유,
내 속에서 잠들지 못하고
핏속을 뼛속을 울고 다니는 벌레 소리,
심장을 창자를 헤집고 돌아다니는 내면의 칼날들,
내게도 보여줄 내면은 있는가.

　시인은 "내게도 보여줄 내면은 있는가"를 묻는다. 고립의 삶을 살아가며 고립을 고수하려 하면서도 그 고립이 "버릇" 조차 되기에 이르렀을 때 그는 그 고립을 수놓을 내면이라는 것이 있는가마저 회의한다. 충일한 내면이 존재한다면 고립이란 견딜 만한 것이다. 또한 "굳이 끈적끈적 동료들과 어울려／밥 먹으러 같이 안 간다"는 말처럼 고립은 물론 자유의 결과이다. 그러나 그 고립의 자유라는 것은 얼마나 고통스러운 대가를 치러내지 않으면 안 되는 것인가. 황홀한 고립이란 역설조차도 시인에게는 사치 그 자체인 것이다. "그 누구도 외딴섬이 아니다"(「그 누구도 외딴섬이 아니다」)라며 서정의 공동체를 추구하는 시인의 한편과, 고립에 지쳐 "제발제발 도둑이라도 좀, 들어와주었으면!" 하고 탄식하는 시인의 또다른 한편이란, 얼마나 극적인 대조를 이루는 것인가.

　그런 서림에게 과거란 현재의 공허를 대신해주는 소중한 공간으로 기능한다. 여인과의 추억이 고통의 이완제 역할을 한다. 「그 고목으로 살아 있네」에서 그는 "내 고향 청도(淸

道)에서 만난 그녀"를 떠올리고「詩의 마음」에서는 "내 마음
에 손톱이었던 발톱이었던 그녀"를 추억하고「그녀들, 들꽃
으로 피어나길」「강촌, 그녀 눈 속의 강바닥」에서는 경춘선
열차를 같이 탔던 여인을 생각한다. 홍옥과 함께 떠오르는
「물컹거리는 향수(鄕愁)」와「홍옥을 같이 먹고 싶은 사람은」
의 인연 깊은 여인도, 인연이 닿을 듯 말 듯했던「1977, 무
진」의 여인도 현재라는 지상을 살고 있는 그에게는 더없이
소중한 과거를 이룬다. 시를 통해 보건대 그의 사랑은 화려
하지도 못했고 다채롭지도 못했으며 치정으로 뒤얽히지도
못한 것이었다. 그러나 지난날 육체와 내면의 고통을 잊게
해준, 잠들게 해준 사랑이었기에 그것들은 아름답다. 시인은
그 과거를 더듬어 현재의 고립을 지키는 파수병으로 삼는다.
회상이 이어지는 만큼은 그는 지금, 이곳을 견딜 수 있는 것
이다.

그러나 과거에의 기억이란 과연 현재를 넉넉히 보상해줄
수 있을까. 또 과거로의 회귀란 그 누구도 외딴섬은 아니라
고 했던 시인의 시론을 감당해낼 수 있을까. 이같은 방법론
은 그의 제1시집『이서국으로 들어가다』가 드러내 보여준 완
강한 과거에 비추어보면 긴장의 이완으로 느껴질 소지가 없
지 않다. 그렇다면? 나는 이 제3부에서 가장 이질적인 시편
이라고도 할 수 있는「겨울숲」에서 시인의 또다른 가능성을
발견한다. 그것은 텅 빔을 견디는 또다른 방법론이다. 그것은
텅 빔을 충만함으로 수긍하는 역설의 방법론이다. 즉, 한편에
말의 육체화를 통한 서정에의 의지라는 완강한 방법론이 있

다면, 그 다른 한편에 놓일 수 있는 것은 아마도 이 「겨울숲」
의 세계일 것이라고 나는 생각해보는 것이다. 그 텅 빔, 침묵
이야말로 서정의 공동체를 가능케 할, 충만한 말을 낳을, "말
의 알"(「박수근 8」)이 될 것이기 때문이다.

> 이상도 해라
> 겨울숲이 더 가득 차 있다니,
> 앙상한 가지에
> 더 많은 것들이 달려 있다니,
> 바위 같은 내 마음에
> 파고 들어와
> 드디어는 뿌리내려버린
> 저 뜨거운 핏줄의 겨울나무,
> 빈 가지 벌려
> 텅 빈 마음 열어
> 바람 소리 새소리 서리까지
> 차곡차곡 쟁이는구나,
> 눈보라에 살 에이며
> 수액(樹液)으로 삭여내는구나,
> 아무런 수식도 기교도 없이
> 詩로 도로 내뱉고 있구나,
> 원피스 투피스 팬티까지 다 벗어버린
> 알몸의 불덩이,
> 농익은 저 여자 겨울산,

맨얼굴의 화장술이
보다 더 전략적이구나,
더 고혹적이구나, 내 삶은
내 詩는 언제쯤 훌훌
옷 다 벗어버릴 수 있을까

문학동네 시집 48
세상의 가시를 더듬다

ⓒ 서림 2000

초판인쇄 | 2000년 11월 8일
초판발행 | 2000년 11월 15일

지 은 이 | 서림
책임편집 | 김현정 이은석
펴 낸 이 | 강병선
펴 낸 곳 | (주)문학동네
출판등록 | 1993년 10월 22일 제22-188호

주　　소 | 136-034 서울시 성북구 동소문동 4가 260번지 동소문빌딩 6층
전자우편 | editor@munhak.com
하이텔 : podo1
천리안 : greenpen
전화번호 | 927-6790~5, 927-6751~2
팩　　스 | 927-6753

ISBN 89-8281-336-5 02810

* 잘못된 책은 바꿔드립니다.

www.munhak.com